LOS CUARTOS ALTERNOS

Luis Angel Toledo

PROLOGO

El hambre del humano por descubrir más tierras y mundos, es al mismo tiempo un don y una maldición.

Hubo un tiempo, un lugar y un grupo de personas específicos; los cuáles encontraron la forma de trasladarse a otra dimensión, una alterna pero lineal a la nuestra. Ahí la psique de cada individuo, de cada cosa que ingresa, se vuelve parte de una porción del sitio.

No sé, amigo lector. No sabemos si aquel espacio tiene conciencia propia, o incluso si tiene un fin o un inicio. Converge atemporal, salvaje y distinta: exquisita de emociones y hambrienta de complejidades. Mientras más dramática y fuerte es la mente de aquellos que ingresan a los llamados "Cuartos alternos" (que es como le llamamos a la quinta dimensión), más le apetece transformar sus miedos, fantasías y su fuerza mental en seres físicos dispuestos a reaccionar unos con otros.

Un 16 de diciembre de 1989, cuatro personas en Nuevo México fueron elegidas para ingresar a una de las 4 entradas confirmadas que existen.

Con equipos de máxima protección contra cualquier anomalía atmosférica, fueron puestos a descubrir que se escondía en aquel ansiado rincón que esta finamente oculto a nosotros.

Pero ellos no fueron los únicos ni de cerca. Cientos y miles de criaturas incluyendo la humana, han caído dentro y, pocos han logrado escapar.

Estas a punto de leer algunos de quiénes se adentraron en los.... Cuartos Alternos.

CAPÍTULO 1.- EL CAMPESINO

Juan Manuel siempre deseo solamente tener una vida pacífica, sin embargo, los golpes de la familia y las violaciones sexuales por parte de su tío y padre jamás le dieron tiempo a conocer la calma.

Tuvo Juan unos 21 años cuando algo dentro de él despertó un ser tan macabro, tan horrible, que pareciera haber crecido junto a los abusos de toda su vida. Ciertamente engendró de pizca en pizca un alter ego que pronto se convertiría en un total él.

Enorme el muchacho, descubrió algo que le apasionaría: pasar el tiempo en la sierra cerca de su casa. Unos 6km de tierra fértil ocultaban la fascinación más oculta del joven: unos hongos que le hacían olvidar que estaba, dónde se encontraba.

Un mal día, tres jóvenes regresaban de la escuela y pasaron por la sierra para fumar hierba. Juan los miró a lo lejos, y ellos a él.

-Es Juan, el campesino- se dijeron y siguieron en lo suyo.

Ahí fue la primera ocasión que Juan ya no pudo contener el "algo" que creció junto a él.

–Mátalos- le decía.

Los miró un poco más de cerca, quizá tenían su edad. El cielo se tiñó de negro en la cabeza de Juan Manuel: sus manos cargaban el martillo que utilizaba de la parte trasera para rascar los hongos. Sus venas se exaltaron de su piel, sus ojos se tornaron llenos de venas y nervios más vistosos; las yagas de heridas pasadas parecieron sanar en el frenesí. Era ahí, ahora cuándo nació él.

Se arrojó hacia los muchachos: un certero golpe al ojo de la chica la dejó sin fuerzas para correr. Tomó a un muchacho del brazo con la fuerza de diez hombres, lo cogió con una mano de la garganta y le rompió el cuello; por último, al más varonil lo montó. Deseaba tener sexo, pero no supo cómo. Ciertamente Juan era un poco retrasado, sus padres y en general toda su familia siempre se habían apareado entre primos.

No pudo Juan resolver el tener intimidad con aquel muchacho. Entre lo rápido de la pelea, las obvias consecuencias de lo que había hecho y el metal chirriante que sonaba en su cabeza, Juan decidió ahorcar al pobre muchachito.

…Respiración…

…Tiempo…

…Saciedad…

Juan Manuel sabía que ya no había marcha atrás: ya no había más víctima, él era el victimario.

Se apresuró a enterrar los cuerpos y no lloró: ya había llorado muchos años. Su alma y cuerop ya no tenían lágrimas qué llorar.

Se bañó con la sangre del último, el guapo y vigoroso: "del que peleó más" se dijo. Se colocó el sombrero que siempre cargaba consigo contra el calor: probablemente el abuelo ahora muerto lo había dejado para él, o al menos así lo pensó Juan.

Con el overol feo de algodón que había llevado puesto desde que su cuerpo creció: un primo de la ciudad los había visitado alguna ocasión y al ver a Juan sintió lástima y le regaló varios pantalones. Su padre y tío se quedaron casi todos, excepto éste verdoso overol feo que ahora traía Juan.

Se quitó la camisa, había un poquito de sangre en ella. "Las mujeres son débiles y causan problemas siempre" se dijo, denotando la familiar herencia de ser misógino.

Tenía el joven algo de musculatura, casi todo el día se la pasaba trabajando en el campo entre matar animales y recoger plantas.

Se apresuró a llegar a casa, sabía dónde iban a estar todos y en qué momento exacto.

Juan recordó el maquillaje de "día de muertos" que usaban los grandes señores del pueblo cuando pasaban en auto cerca de la sierra.

"Como calaveras" pensaba. Así Juan con algunas plantas hizo su maquillaje encerrado en el pequeño espacio que era solo de él, nadie más lo conocía.

Se sintió un adulto cuándo se observó en el espejo: orgulloso de haber crecido y valeroso de haber descubierto el don que trae consigo "el diablo": matar.

Se aproxima a su tío: ese degenerado que lo violó durante muchos años. Y ahí estaba, sin hacer nada más que ver televisión; con esa playera gastada de algún partido político que le habrían cambiado por su voto.

Juan estaba decidido y era más alto, más fuerte: se colocó delante de él y sin darle tiempo a decir nada, le propinó un martillazo en la nariz, directo; tanto que de nuevo sintió la pasión de su estado: las venas casi a punto de salir, los ojos al rojo vivo junto a una mirada que dejó entrar varios perversos demonios en él.

…Y no lo mató…

Se cercioró que no muriese el pobre imbécil. Juan llevaba años quitando vida a animales y éste no era muy diferente.

Llegó a la habitación de su padre quién al verlo, podría jurar que detrás tenía varias figuras demoniacas detrás.

Un parásito humano estaba a punto de dejar este mundo.

…Martillazo, dos golpes secos con las manos limpias…

Juan lo cogió por la ropa gastada que traía su condenado padre. Lo llevó justo donde yacía sangrando su tío.

Se dio el tiempo de buscar herramientas y les cortó el pene tan lentamente, que su madre y tías regresarían casi al tiempo que terminara.

Calculado el tiempo con exactitud hizo que cada uno comiese el miembro amputado del otro: su tío y padre tuvieron que degustar el pene del otro.

Los dejó terminar y al final le pisó el rostro a cada uno para terminar con la miseria.

Sus tías y madre llegaron: estaba Juan Manuel tranquilo en la mesa esperando que ellas lo vieran. Mudo como la muerte, tomó a su madre por el rostro y la reventó en el piso. Su tía mayor fue cogida de la pierna derecha y molida a golpes por el joven. La tercera escapó mientras todo pasaba y Juan supo que vendría con alguien, seguro.

…El tiempo pasó, quizá 2 horas, tal vez 3…
Escuchó las sirenas aproximarse y supo que ahí iba a terminar. Ni siquiera hubo un esfuerzo por huir o esconderse, Juan no era tan listo.
Ahí afuera chillaba la tía, señalando hacia dentro de la casa. Los policías obesos y enanos se sorprendieron al ver ese ente enorme de maquillaje tétrico, pantalones gastados y un sobrero que adornaba el terror.
No hubo advertencia como en las películas americanas, no. Ahí en México no es así.
Fueron varios disparos los que fulminaron a la nueva bestia. Ninguno fue en la cabeza.
Ahí, tirado Juan pudo ver los varios entes oscuros que le preparaban para algo. Juan cerró los ojos.
Juan Manuel despierta: ya no hay campo, ya no hay animales. Son muchos cuartos y un largo pasillo que alumbran un poco las tristes lámparas en el lugar.
Juan está olvidando casi todo de su vida: no recuerda nada. Poco a poco el lugar le está quitando la poca humanidad que había ahí dentro de él.
Se está oscureciendo todo y sus venas se exaltan, sus ojos muestran las venas y sangre. Ha traído algo consigo: su gran martillo.
Y Juan ya no tiene miedo, ya no tiene de hecho nada. Y tampoco ya es Juan o Manuel. Solo recuerda el nombre que casi todos le dijeron al crecer: "El pueblerino".

Y éste es su nuevo hogar: abre una puerta y se sienta tranquilo, como cuándo se sentó tras matar a su familia: sólo esperando a matar.

"Piso 26" se puede leer en un bloque cerca de dónde el campesino está.

Fin.

Juan Manuel, "El Pueblerino"

CAPÍTULO 2.- EL OFICINISTA

Tres hielos en el vaso de Vodka. Eso pide Acke, un buen trabajador de oficinas telefónicas en Suecia.

Rubio y alto, pero delgado, Acke tiene una vida envidiable: una bella esposa, tres hermosos hijos y un gran hogar.

Está con sus amigos, fueron a un bar para celebrar la victoria de su equipo favorito.

Acke no ha tenido pecado alguno en su vida: sería un santo si fuese religioso. Una persona perfecta con una vida perfecta en una ciudad perfecta.

Los varios amigos junto a él, salieron del bar. Un poco tomado, Acke se postra en el asiento de copiloto del auto de su colega y amigo.

Es una noche tranquila y ya quiere llegar. Están charlando en el camino y no deberían tardar.

Acke lo pudo ver: alguien se ha cruzado el alto y viene directo hacia ellos, se va a impactar.

Así sucedió...

Todo está nublado para Acke, pero puede notar que todo está destruido. No siente nada más que dolor.

Mira hacia abajo y nota lo peor que se podría imaginar; no están sus piernas, solo hay carne parecida a la de pollo crudo.

Piensa en su familia, no quiere morirse y llora y se lamenta, aunque no hay nada que lamentar excepto este evento.

Y Acke cierra los ojos, ya no puede más.

Se despierta y… Está en un extraño lugar. Es una habitación de enfermería sí, pero ningún objeto pareciera haber sido utilizado jamás. Los camastros están en perfecto estado y él tiene su ropa de oficina, dónde siempre se sintió genial. ¡Tiene las dos piernas! Si algún hospital lo hizo es el mejor hospital del mundo, "uno sueco obviamente", piensa Acke.

"Al primero que observe lo voy a besar" grita ansioso. Sale de la habitación con una energía jamás antes sentida, pero… No hay nadie en el lugar. Sólo habitaciones similares a la suya y un pasillo triste con lámparas a media luz blanca.

"Que horrible decoración" piensa, y prosigue a entrar a la habitación contigua para ver si hay alguien ahí.

Nada.

Otro cuarto similar al suyo, pero con muchas jeringas gastadas. "$C_{21}H_{23}NO_5$" se lee en las etiquetas.

Tampoco hay teléfonos ni direcciones ni nada. Acke revisa más de 30 cuartos y no hay nada.

Se asoma a la ventana más próxima, aparta la cortina y… pared. Sólo hay concreto detrás de cada ventana.

Piensa en su mujer e hijos, ¿Dónde estarán? Si le han traído el traje completo y hasta la corbata al lugar, seguro saben dónde está.

Le tomó un tiempo notar que no sentía incomodidad al caminar. ¡Pero es que ni tiempo le dio de sentir malestar!

Se desabrocha el cierre del pantalón y revisa… No

hay heridas, no hay marcas.

"¿será una pesadilla y estoy alucinando camino al hospital?" creé.

Avanza de cuarto en cuarto pensando en lo divertido de su sueño lúcido. Hay una habitación peculiar, pareciera que la adornó alguien que vivió cerca de 1920.

Se sienta en la silla y... ¡Hay habanos!, notas acerca de personas perdidas y viejos recortes de periódicos: pero están escritos en una lengua que Acke no puede entender. "Quizá latín" se extraña.

La verdad es que era italiano.

Acke casi se olvida del tiempo en el lugar. Los habanos no parecen acabarse y no le ha dado hambre o sueño.

Escucha algo en el pasillo y sale a investigar. ¡Por fin! Alguien.

Las luces están parpadeando y Acke puede distinguir a lo lejos un perro enorme.

¿Qué hace ahí un perro?

Le silva y llama hacia él. En la penumbra y entre la poca luz, Acke se da cuenta que tiene cuerpo de una mujer anciana y está caminando como si fuera un animal cuadrúpedo.

Los cabellos largos, los ojos sin iris y la piel mugrosa ahora se pueden ver.

Acke está horrorizado, pero no corrió. Retrocedió sobre sus pasos lentamente. Era mejor cerrar la habitación hasta que esa cosa se fuera.

Ahí se quedó un rato bastante largo. Afuera la criatura jadeaba y rasgaba de a poco la puerta.

Acke pasó bastante tiempo hasta que se le ocurrió ir al otro extremo de la habitación y ayudado de la pata de una mesa, comenzar a hacer un hueco a una pared que se veía daba al cuarto contiguo. Casi se sentían días, pero pudo hacer un hueco suficientemente ancho para colarse ahí.

"Lv 24" se leía escrito en un papel pegado frente a un viejo televisor. Quién sea que hubiese estado ahí, se dio su tiempo para averiguar cosas acerca del lugar.

Muchísimos papeles tirados en el piso, una cama con almohadas diversas, libros de ocultismo y transmutación en idiomas que Acke no comprendía. Escudriñó un poco y encontró una imagen bañada en sangre.

Desafortunadamente éste dedicado hombre no entendía el idioma español, pero vaya que comprendió que, si había llaves, había puertas que abrir con ellas. Quizá era un modo de salir.

"Si hay televisores, debe haber conexiones, y si las hay... Debe haber electricidad y de ella, una fuente" pensó.

Intentó lo más que pudo leer aquellas notas, libros y entender por, sobre todo, qué significaba la información de las llaves.

...

Después de un tiempo comprendió que "Lv 24" significaba "Nivel o piso 24". Y si había pisos, había una cima y un fondo.

Erróneamente supuso que los niveles estaban acomodados conforme la realidad que él conocía:

hacia arriba. Aquí es, al contrario.

Cuidadosamente y seguro que la criatura se quedó del otro lado, investigó en las habitaciones próximas; buscaba un mazo o un martillo. Lo que sea que le diera acceso al piso de abajo.

¡Un mazo enorme! Y lo encontró en poco tiempo.

Regresó a la habitación dónde estaba toda la información y ahí mismo se dispuso a taladrar el piso.

Un golpe; dos golpes, tres… Muchísimos.

Con el tiempo Acke logró crear una fisura en el sólido piso. Se veía la planta inferior.

Él no sabía que todos los golpes habían atraído a muchísimos seres, todos del nivel 24. Estaban afuera esperando su botín, aguardando casi con ansias tan sagrado y volátil sujeto de tortura.

No se podría creer la suerte del buen oficinista: toda la habitación estaba protegida por talismanes y hechizos previamente realizados por el antiguo habitante del pequeño espacio de paredes, esa burbuja blanda que no hubiese durado un instante de no ser por todas estas preparaciones místicas.

Cuando se asomó a la grieta que ha realizado cayó uno de sus audífonos bluetooth de la camisa costosa adornada con la prestigiosa corbata.

"Tengo que bajar, no seas cobarde Acke, son unos 4 metros solamente" dijo para sí el delgado y alto protagonista de esta historia.

Así se ha dejado caer casi con estrategia: colocó sus manos en la orilla del sólido hueco, dio una especie de maroma hacia delante y lanzó suavemente las piernas. Aun así, se ha lastimado un poco.

El tapete más opaco, las luces más tenues y sangre por las paredes: está casi fresca.

Pero para Acke éste es el piso 23 y sólo le faltan 22 para llegar al final de tan angustiante travesía, sí.

¡El mazo!

…

Lo ha olvidado al arrojarse por los audífonos: priorizó algo tan mundano e inútil para este lugar a cambio de dejar tan útil herramienta.

"¡Idiota! No importa, debo encontrar las escaleras y pronto saldré de aquí: veré a mi familia". Seguro de sí mismo y cojo como ahora estaba, no perdió esperanzas ni bajó la fe.

Fe es lo único que aquí no se puede matar: no a un dios o a una esperanza; fe en la familia y los vínculos reales de la realidad conocida.

Cojeando Acke avanza con mucha precaución y agudizando el oído, ahora sabe que este lugar no está bien.

Mucho tiempo ha pasado, muchísimo. En ninguno hay otro mazo ni nada parecido.

Hay una habitación en la que se asoma, hay un hombre ahorcado pero su cuerpo no parece estar en descomposición…. ¡No tiene rostro!

Hay un escrito en la mesa frente al cadáver: "Aquí yace Nicolai. Buen soldado, mal hijo".

Tampoco lo pudo leer Acke, estaba escrito en idioma ruso.

Ahora sí está agotado el oficinista. Hace algo que jamás hubiese pensado: se recuesta a dormir frente al cadáver que estaba vestido a modo militar con muchas medallas.

Ahora que se estaba quedando dormido, Acke pudo notar que el cadáver tiene cicatrices en las manos y cuello. Qué horror, no tiene rostro, pero Acke se siente tan cansado... "No cierres los ojos" se repite: "No vayas a..."

Despierta de nuevo en tan oscura pesadilla: No puede ser un mal sueño si acaba de despertar.

¡El cadáver ya no está!

¿Sigo dormido, dormí en el sueño?

Se levanta tan rápido como puede: revisa y no hay nada, pero sigue todo como estaba.

Hay un pequeño baño dentro la misma habitación, nota que se escuchan ligeras pisadas ahí...

"La curiosidad mató al gato", dicen por ahí.

Pero Acke está dispuesto a averiguar. Abre la puerta y sorpresivamente no hay nada excepto en la bañera, que cubierta por una cortina delgada, oculta algo horrendo.

Con miedo aparta la cortina bañada en algún líquido espeso.

El cuerpo del militar está bañado en su propia sangre, se está cortando todo el cuerpo con un pedazo de vidrio.

- "Jamás fui a visitar a madre, maté a varias personas. Ellos me dijeron que era deber, pero yo lo disfrutaba"- Balbuceaba el reanimado en su idioma, las palabras salían de un corte profundo en su garganta. Obviamente no entendía Acke.

Sale corriendo espantado y despavorido tras

semejante escena. No supo cómo es que llegó a una puerta al azar frente a dónde despertó. Del sobresalto no escuchó la música a máximo volumen que se encerraba en esta habitación.

Un género rítmico y psicodélico que invita al éxtasis. Está cantado en idioma ruso.

"¿Qué demonios?" piensa Acke, cuando es interrumpido por el siguiente escenario extraño: Un solitario sujeto con capucha que está realizando algo en un cuerpo inerte: sangre, siluetas dibujadas y hechizos de necromancia por todos lados.

Ninguno de los dos reacciona, solo se miran fijamente.

De nuevo ha echado a correr cojeando como puede Acke, esta vez está llorando: ha dejado de pensar en su familia por un momento, y no quiere hacer nada más que salir de ahí.

Vio una esquina con un hueco a lo lejos: ¡Corre como nunca lo había hecho, ni siquiera con sus dos piernas sanas! Ciertamente son escaleras dobles. Unas dan hacia el piso superior y las otras al de más abajo.

Acke sigue en la idea de bajar, y tiene al nigromante detrás, viene corriendo junto al cadáver sin rostro y el que estaba preparando.

Acke se arroja hacia las escaleras, no le importa mientras llegue. Y lo hizo.

Cae casi hasta la mitad de los escalones que dan hacia abajo, se sostiene del barandal. Está mirando hacia arriba: las 3 figuras oscuras lo ven, pero no descienden, se retiran.

"¿Qué es este lugar, por qué a mí?" de nuevo se

cuestiona mientras está ahí casi agonizando. Cierra los ojos y recupera algo de cordura y fuerzas. Tras un tiempo logra incorporarse, por lo menos esta ocasión no ha perdido el conocimiento.

"Nivå 26" y ahora sí lo pudo leer. El lugar se adapta o ellos se adaptan al lugar, no sabemos con exactitud.

" ¡No! No puede ser, si he descendido tendría que ser el piso número 22" se lamenta Acke lleno de dudas.

Esta vez el tapete, las luces, la sangre: todo es más oscuro.

Destrozado de todas las maneras posibles, se va a recostar a la cama de la primera habitación que encuentra. Parece normal este lugar y tiene objetos normales.

Se arrastra un poco más, el cansancio, las heridas, olvidar por unos momentos a su familia, la idea de las llaves, los audífonos.

Mientras avanza, todas las habitaciones y pasillos se encuentran más y más llenos de hongos y plantas como de monte. Eso es nuevo.

Ya casi no puede avanzar, la camisa es roja ahora y

los pantalones apenas parecieran pantaloncillos cortos debido al desgaste en aquella caída.

Hay una figura alta y fuerte a lo lejos: tiene un sombrero.

Ha comenzado a correr hacia Acke, quién voltea y con lo que queda de sus fuerzas intenta correr hacia el lado contrario.

Voltea y lo ve: tiene el rostro pintado como calavera, un sombrero enorme y unos pantalones gastados. Tiene dos siluetas humanoides con ojos blancos, en su lado derecho y trae una parca del lado izquierdo.

Corre Acke, corre.

Un martillazo suena por todos los espacios que pudieron casi sentir tan brutal golpe.

Le ha destrozado el ojo derecho y parte del rostro.

Está en el piso y mira a su verdugo... Es casi un niño, es tan joven.

Otro martillazo en la cabeza y se apagó la luz de Acke, el

oficinista.

El pueblerino observa a la parca tras de él, recoge el cadáver y lo lleva dónde la siniestra figura cadavérica le indica, lejos y abajo, muy abajo.

Ha vuelto el pueblerino al piso 26 que está impregnado de su esencia, de sus ganas y de sus pocos recuerdos. Sonríe y se queda de pie esperando a volver a matar: con sus ojos rojos, y venas en los brazos, sosteniendo el martillo que lo invita más a seguir haciendo daño.

Fin.

Había un televisor en uno de los
cuartos por los que pasó Acke

CAPÍTULO 3.- VERDUGO

Solían ser buenos días nublados en Kilkenny, Irlanda. Era mediados de los 1300 y todo mundo estaba muy obsesionado con la idea de" Las brujas", casi parecía una moda más que una tendencia paranoica.

Wenfefrida jamás fue bonita, de hecho, nació y creció muy alta y rechoncha. Con severos problemas en la piel y unos senos tan grandes, que le llegaban al ombligo desde su adolescencia.

El destino es cruel, pero regala alivios de vez en cuando: para "Wen" (como le llamaban de cariño), le llegó el llenito Brendan. Y no era para nada el príncipe al que hacía alusión su nombre. Más bien un buen mozo grande y de rasgos toscos. Él, fue primero puliendo cuero en estiércol, luego aseando animales de granja y al crecer; heredar el trabajo familiar de Verdugo del pueblo.

Un día se enamoraron y no les importó para nada los "defectos" del otro, de hecho, estaba bien. Era como si ambos corazones fuesen la mitad justa del otro.

Así pasaron muchos años, más de los que pudiésemos contar o recordar. Cada día y noche se amaban profundamente, y cada despedida les partía el alma, aunque supieran que serían solo unas horas. Si bien Brendan llevaba unos años realizando esta labor tan inhumana de matar gente por paga, se había vuelto completamente poderoso y famoso debido a la suma considerable de ejecuciones, y fue muy pronto. Desde hacía un par de años, las providencias y los máximos creyentes señalaban como" bruja" a casi toda mujer que ejerciere alguna profesión médica o sanación casera.

Brendan no quería, pero era su trabajo colgar, destripar, apedrear a todas esas personas que la muchedumbre furiosa señalaba.

Le pidió a Wenefrida que le conexionase una máscara que le permitiera ver las siluetas solamente. Él no quería más ver ojos que a su consideración eran inocentes; sufrir. Muchas de aquellas anónimas víctimas eran solamente pequeñitas o ancianas incapaces de defenderse. También le pidió a su amada que dejase su trabajo en la granja. Él sabía que muchas personas los detestaban solamente por su apariencia. Y su corazón no resistiría perder a quién le daba luz sobre tanta bruma.

" Todo tiene que morir, y hay que aceptarlo", reza el Memento Mori que tantos sabios han profesado.

De tantos escenarios terriblemente malos que las desventuras traen consigo, Bren adoleció uno de los más malos.

Brendan cortó dos cabezas esa semana. Escuchó el crujir de la más joven que había sido culpada un martes de noche.

Ese ocaso no dejó en paz a Bren. Algo le olía muy mal y no era el cuerpo de la chica que habían dejado ahí Enmedio de la plazuela como si del cadáver de un pajarillo fuese, no. Afortunadamente ya no había nadie más a quién culpar de hechicería, de hecho, todas las féminas que trabajaban similares ciencias ya habían perdido la vida, muchas ante las manos del verdugo, ahora manchado de mala sangre.

Aún parecía el niño regordete y gracioso que corría por la granja, el que desconocía los sin sabores de la vida.

Sus ojos inocentes como entonces llegaron ansiosos a su hogar, gritaron por Wen como todos los días de cada semana en cada mes dentro de cada bello año que habían pasado juntos.

Esta ocasión Wen no contestó, tampoco hizo la comida y de hecho no parecía haber realizado labor alguna. ¡Estará enferma! Se dijo y corrió hacia la habitación. Nada.

Corriendo dónde los mozos más chismosos tomaban les preguntó si sabían algo de su amada.

-" oh sí, la nueva orden del Este, vino hoy y varias personas del pueblo comentaron que aún había una bruja grande en el pueblo. Se la han llevado Bren."-

Así se enteró de la situación y se convenció que todas las personas que él había cegado la vida, fueron inocentes.

A caballo y con varios de sus conocidos y empleados emprendió un viaje hacia los cuarteles dónde detenían a los herejes.

Al verlo, sus delgados y frágiles colegas intentaron tranquilizarlo, pero no pudieron detenerlo. Él conocía bien el lugar y las personas y las condenas.

Entró con varios de sus aliados y vio en una tinaja la cabeza de su anciana suegra. Tirada sin más como aquella muchacha que él finiquitó la vida. Aquella buena anciana que le dio el regalo más hermoso de su vida.

No quería, pero tuvo que continuar: mientras avanzaba ahí veía a la familia de su bella querida.

Casi que su alma se iba quedando junto a cada cuerpo, y con cada uno derribó a un guardia, eran muchos extranjeros que hablaban otra lengua.

Al fondo del pequeño calabozo ahí estaba, Wen la perfecta a sus ojos. Maltrecha, con sangre y cortes en todo el cuerpo. Había un grupo de hombres de túnicas blancas. Llevaban espadas y artefactos extraños en la mano, sin duda eran una clase de hermandad.

Brendan derribó a uno con facilidad e intentó hacerlo con los otros, pero éstos no eran guardias comunes, eran diestros guerreros y monjes al mismo tiempo. Sometieron al gran verdugo casi con facilidad, pero entre todos.

Wen lo veía, casi no tenía fuerzas, desde temprano la sacaron de su hogar y le habían golpeado sin descanso.

" Ella es una portadora, tiene algo poderoso dentro" decían los caballeros de túnica mientras le preguntaban que pactos tenía con los demonios.

Aquella inocente y amable mujer apenas había convivido con personas que no fuesen de su familia, no entendía el extraño acento con qué le hablaban los castigadores.

Todo eso no podía resumir al ver a su poderoso amado ser doblegado y ella no podía hacer nada.

Muchos estruendos pasaron casi después. Los aliados de Bren se abrieron paso hasta el lugar y ganaban en número a sus ejecutores. Con fuego apartaron a todos, incluido Bren.

Wen no tenía idea de tal escenario, ni sabía que ejecutaron a su familia, de hecho, apenas sabía algo de todo.

Un mozo delgadito de cabellos largos, el más fiel a ellos, corrió y se escurrió entre todo y la levantó con todas sus fuerzas.

" Corra Wen, corra". Le gritó y empujaba.

Fuera de la prisión fue más fácil que los demás la ayudasen a huir. La ataron a un caballo y lo dejaron galopar con ella encima. ¿Dónde?, Solo querían que no fuese ahí.

Bren golpeaba a los diestros enemigos que salían del fuego sin cesar.

Wen observó como uno de los siniestros enemigos partió de un solo espadazo a su pequeño mozo y supo que no saldría de ahí.

Bren tomó la espada de uno de los malvados y la partió con sus manos, el coraje de la injusticia le añadía poder a su enorme cuerpo.

" ¡Ella es un portal, no entiendes monstruo, ella traerá maldad!" le gritó el ahora desarmado sujeto, pero Bren de un cabezazo le reventó la nariz que se sumió en el cerebro.

Una espada entró entre las costillas del enorme Bren y él veía como seguían cayendo sus amigos que peleaban contra guardias, extranjeros y personas que se sumaron a la batalla atraídas por el escándalo. Siguió entrando y saliendo la espada de su costado y ya no pudo hacer nada, la vida se le estaba escapando.

-" Wen te amo, y si te puedo amar en la muerte, así será" -, fueron sus últimos pensamientos adornados por la gran cruz roja y el fuego que emanaba detrás: la última imagen que vio en la vida física, ya que, frente a todo ello, su amada escapaba, lo que para él era lo más hermoso.

El caballo siguió y siguió y Wen no se recuperó hasta la mañana. El caballo estaba echado, pero cuidó no dejarla caer. Apenas con movimiento, se untó hiervas que ella sabía le ayudarían a cicatrizar y comió lo que los conejos comían. Tuvo miedo y siguió con el caballo hacia la misma dirección que ella no conocía, ambos con la fuerza de un niño recién nacido.

Llegó a una ciudad muy pequeña que existía cerca

de un lago con muchas casas en oferta, muchas personas habían muerto ejecutadas ahí también.

Las buenas personas le ayudaron, pensaron que era alguna mensajera especial que había sido asaltada, y ella les mintió afirmativamente a las suposiciones. No duró mucho, sabía que tan poderosos caballeros correrían la voz y la encontrarían tan cerca.

Tomó a su caballo bien alimentado y continuó por varios años. Adelgazó y se veía extraña, ya no era la extraña obesa que siempre había sido, ahora era solo extraña.

Muy al sur se estableció en un muy pequeño lugar dónde apenas y había civilización. Cambió sus bastos conocimientos por comida, agua y un lugar para descansar.

Ahí vio un pedazo de tela negra junto a una gran hacha quizá de un antiguo trabajador." *Hangman*" estaba escrito en el hacha, tallado delicadamente.

Era el destino, pensó.

Así se confeccionó una máscara idéntica a la que antes le hizo a Bren. Una que solo la dejara ver siluetas, ya que ese día la cambió, ahora así veía a las personas malas:" *Solo como siluetas*".

Se preparó, se ejercitó y creó una armadura para ella y su caballo.

Un día salió del pueblito y nunca más se le vio.

Decenas de cuerpos salvajemente mutilados aparecían en los caminos, en las veredas y en los riachuelos. Todos eran religiosos, fanáticos o jueces. Ella sola purgó a esa parte del mundo de tan viles humanos.

Se hizo vieja y algo le dijo que un día iba a morir. Ese día miró al cielo y recordó a Bren:" *Yo también te voy a amar por siempre, pero no vamos a estar ya en el mismo* lugar".

Se sentó en una piedra, tomó un mechón de tan buen caballo que le salvó la vida, aquél que murió hace muchos años de viejo. Cerró ella los ojos y sonrió.

...

No había muerto en realidad. Al abrir los ojos tan inmediatamente como los cerró apareció en otro lugar. Era extraño, tenía cosas que ella no conocía, junto a construcciones raras y atemporales.

Observó sus manos y ya no eran viejas, eran como cuándo mataba a las escorias devotas que tanto dolor le causaron.

Estaban el hacha" hangman" y su caballo ahora más fuerte que nunca.

Las extrañas construcciones repetidas poco a poco se transformaban en las casas que ella recordaba. Cada vez se convertía en su mundo y cada vez se olvidaba de Bren, solo había rencor. No, ella no quería olvidar a Bren, no quería seguir existiendo con rencor. Bren se fue junto a los recuerdos de su familia y de su vida.

" Te amo Bren" se alcanzó a decir antes que algo le dominara. Entonces tomó su hacha, montó a su caballo, y ya no era Wen: había nacido La Verdugo.

Fin.

Wen no quería olvidar, pero esta
dimensión consumió todo en ella

CAPITULO 4.- Decisiones, decisiones

Laura desesperada del monótono y aburrido trabajo que tiene. Vive con la esperanza de la promesa de un amigo que le ayudará a conseguir un empleo mucho mejor. Solo da unos sorbos al cargado café y alista la chamarra, el taxi por aplicación ha llegado. Derramó algo sobre su saco y va algo tarde. Desearía no tener que vivir así.

Al ingresar, el chip de la nuca no funciona correctamente, hace poco se implementó en todo el mundo y para su mala suerte, de estos lados no funciona bien aún.

Un ligero alivio del chico que le gusta en la fábrica: que es muy galante, alto y caballeroso.

Al terminar las labores del día recibe varias llamadas del otro trabajo, el mejor. Ella al estar embobada con su galán olvidó revisar el teléfono y se le hizo tarde para cambiar su trágico destino próximo.

Si tan solo hubiese respondido las llamadas…

Si tan solo hubiese despertado un poco antes…

Si no hubiese derramado café en el saco y no se hubiese estresado, quizá habría recordado los avisos de su amigo sobre tan importantes telefoneadas.

Pero no fue así. Los hilos del destino se acoplan a todo lo que debe pasar y lo fuerzan con simples pero grandes eventualidades.

Laura regresa algo triste como siempre, y al ver el

celular explota en ira. No pudo responder y ahora ya es demasiado tarde, no habrá otra oportunidad igual. Rompe unas cosas y comienza a chillar: ¿Por qué siempre se ha puesto el pie a ella misma? Nadie lo sabe, de hecho, nadie se lo había peguntado.

Un par de botellas del ron más fuerte que tenía fueron suficientes para darle terrible idea: este mundo no era suficientemente agradable para Laura. Sus padres murieron hace muchos años y los diversos amoríos pasajeros no le dejaron jamás tener una relación amorosa estable. Ahora a una edad muy madura parece tarde para todo.

Realmente no es cierto, jamás es tarde.

Unas pastillas fuertes y de receta para dormir llaman la atención de Laura que las observa con ansias. Todo se acabaría rápido: veloz y sin dolor podría poner fin a tantos intentos por ser mejor, por tener mejor calidad de vida.

Dos horas, tres horas... Laura elige el camino de la renuncia: Laura toma tantas pastillas como el frasco contenía.

Primero el poderoso dolor estomacal seguido de vómito. ¡Vaya que es doloroso! Laura no pensó que fuese así. Quizá esta selección de idea no fue lo correcto.

Apenas con movimiento y vomitando Laura no tiene a quién recurrir. El triste robot asistente no comprende los balbuceos de la moribunda.

Se recarga ligeramente contra la pared con el estómago hirviendo y el alma llena de dolor. Cierra un poco los ojos y no ve su vida pasar, más bien ve sus errores.

Todo es cuestión de perspectiva, dijo Nietzsche.

Su corazón casi se detiene y los chips implantados en su cuerpo ahora sí reaccionan. El robot marca en automático a emergencias. Con burdos intentos la recuesta y trata reanimar; injerta gel curativo en la sangre de Laura que ahora atestiguaba las consecuencias del rendirse.

Una delicada bruma acaricia su rostro mientras la bilis, la sobredosis y el gel pelean por decidir sobre su vida.

Laura no cerró los ojos; su vista se nubló ligeramente, observó un círculo negro lleno de electricidad y en un instante ya no estaba en su triste departamento ni estaba el robot.

Ahora Laura se encuentra rodeada de varios cuartos de color amarillezco, uniformes. Todos ellos guiados por una simple alfombra negra con rojo.

"¿Qué es aquí?" se cuestiona impresionada por el viaje inter dimensional del que no está consciente que realizó.

No hay dolor en su vientre, solo restos del vómito amarillezco. Cerca está tirado su saco manchado de café. Laura lo toma, no hace frío, pero tampoco calor, solo se lo coloca.

En el lugar hay tecnología muy anticuada para ella. Su chip de transmisión de datos reconoce una señal satelital débil y antigua pero compatible.

No lo sabía, pero Laura sería alguien muy importante en este lugar…

¿Fin?

El Robot intentando reanimar a Laura

CAPÍTULO 5.- El registro
de la cámara

En diciembre de 1989 se llevó a cabo un experimento para intentar abrir un portal a lo que se denominó un "portal a la quinta dimensión", que se teoriza convive en la misma línea existencial a la que nosotros conocemos, la cual fue catalogada como "la quinta dimensión".

Los datos obtenidos y analizados sugieren que las psiques fuertes dan forma a aquella realidad, incluso se sobreponen y/o se intercambia con terreno que ya había sido formado antes.

Se filtró información después de 30 años y un poco más. Quien sea que haya expuesto los datos, no comprendía la compleja forma de lo que se descubrió. Algunos lo llamaron "falsa información", otros muchos lo etiquetaron como "el otro lado", pero la mayoría lo conoce como *Los Cuartos Alternos*. Nos reportaron que el localizador de una de las cámaras que llevaba uno de nuestros sujetos de prueba. Apareció a cientos de kilómetros en un desierto al cual se conserva clasificado.

Al recuperar el equipo completo, casi un año después del inicio de la operación, se logró obtener el 80% del total del equipo. Lo filmado era visible y por segunda ocasión, mostraría más con que comprender el enigma al que se habían dispuesto a comprender.

Aquellas imágenes fueron reveladoras: parece que, a pesar de ingresar al mismo tiempo, algunos sujetos permanecieron relativamente distinto tiempo ahí. Se teoriza que, entonces, el tiempo es subjetivo en el lugar; o que, hay muchos factores que determinan el tiempo y el espacio: posición, mentalidad, edad, fuerza, etc...

También se puede observar que al menos uno de los sujetos mutó su ADN con cierta conciencia final.

La zona al parecer es "negativa" (o vacía) a la realidad física que conocemos: hasta que la mente de quién ingresa comienza a darle forma y poder. No se sabe si es debido a una fuerza poderosa, una especie de maquinaria, o si es un espacio con cierta conciencia.

Al buscar zonas parecidas al lugar observado en la cinta, se descubrió que son idénticas a un antiguo hotel dónde el sujeto 002 se hospedó en su niñez. Eso nos indica que su mente era dominante en el sitio, tanto que incluso otros individuos pudieron físicamente ingresar y convivir.

¿Cómo es que la cámara abandonó tal dimensión y volvió a la nuestra?, ¿Cómo sabía el sujeto 003 que, al arrojarla a ese preciso lugar, volvería?, ¿Cómo es que 003 se convirtió en aquella criatura?, pero sobre todo... ¿Qué era ese lugar?

Sobre 001 no hay ningún indicio.

004 arrojó imagen, pero es información clasificada debido a que ella hizo contacto con un ente exterior a.... digamos, la comprensión racional humana.

En más de 30 años hemos tenido diversos contactos e incluso se descubrió que hay maneras metafísicas para poder entrar a la quinta dimensión.

Se sabe que ciertas eventualidades pueden transferir

la mente del sujeto al lugar: incluso le manifiesta un cuerpo idéntico al que éste ocupa en la realidad conocida; muchas otras ocasiones simplemente desaparecen sus cuerpos, y son arrojados ahí.

Todo el equipo biológico que tuvo contacto con la cámara desarrolló cáncer en alguna de sus diversas formas. Pensamos que es debido a las "distintas vibraciones" con las que volvió el aparato.

Sobre los rumores de los llamados *"cuartos alternos"*, se mantienen públicas y, de hecho, convenientemente manipuladas para que las personas piensen que es un lugar siniestro con una forma definida, y no como una realidad experimental.

Hay de hecho diversas compañías y personas que estudian este fenómeno por su cuenta: se supo que cerca de 1960, un fatal accidente en el cual se vieron envueltos jóvenes alpinistas: sucedió.

Una especie de parásito Inter dimensional se les escapó: encontró a los muchachos y entre ellos buscó un portador correcto, pero desató una masacre nunca antes vista y con más interrogantes que respuestas. No sabemos si lograron localizar a su polizonte colado en nuestro mundo.

Después de aquél incidente, se puede decir que la cámara es lo más cercano al desentrañe de todo este misterio. La cámara de hecho ya no puede grabar nuestro mundo, al cual solo expulsa imágenes en negativo, pero recién se descubrió un lugar en el que filma con normalidad.

Se piensa que ahí es frágil la conexión entre

nuestro mundo y la quinta dimensión. Enviarán los equipos a otros sujetos y esta vez con mucha mayor precisión. Esperemos esta ocasión se pueda tener un mejor contacto o incluso volver con muestras. No hay más para reportar.

Fin.

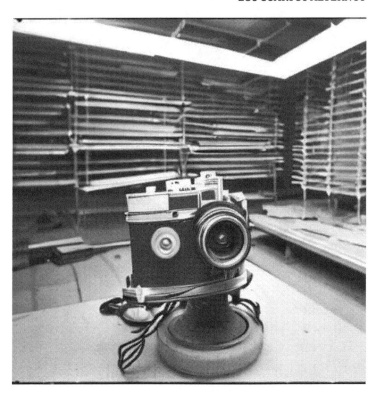

Una de las cámaras, fue recuperada con más
del 80% de sus componentes originales

CAPÍTULO 6.- LOS
KOMODOS AZULES

En los años posteriores a "la gran guerra nuclear", los humanos que quedaron, se unieron. No hubo más distinciones de razas, idiomas o rangos. El mundo se había reducido a menos del 8% que había.

Se utilizó ahora el idioma inglés como base, y todas las banderas se unieron en una. No había más fronteras ni penalizaciones. Una utopía soñada.

La robótica inundó los mercados pronto: muchas empresas surgieron y vendían sus inteligencias artificiales por separado a los robots físicos, los cuales adoptaban las IA para atender a los humanos. Pronto no hubo hogar sin un robot.

Había un millonario, uno que amasó su fortuna precisamente con la venta y fabricación robótica.

Cerca de su lecho de muerte, invirtió casi todo su dinero, contratando a los mejores creadores de inteligencias, software y hardware en su ramo.

Juntos todos ellos, crearon lo único que les pidió aquel empresario: un robot que fuese "casi" humano. Así nació "X", nombre denominado al primer y único androide de su serie. Le pusieron un rostro idéntico al del millonario cuando era joven.

Tras crearlo y antes de iniciarlo, el viejo acaudalado les pidió descargar todos sus datos neuronales en el autómata que habían creado. También les pidió conectar todo su sistema nervioso y cerebro a la tarjeta madre del robot.

De esa forma no podría él morir.... ¿O sí?

A sabiendas que el anciano moriría, todos aceptaron y lo hicieron.

Despertó "X" y para sorpresa del millonario, a pesar de tener su cerebro, espina dorsal y todo el sistema nervioso; X nació indudablemente con conciencia propia.

Enseguida se conectó a los satélites e indagó sobre la historia humana: en segundos aprendió todo lo sabido desde el inicio de la existencia, hasta el día en que nació: cada hombre y mujer que fueron registrados, cada gran evento y cada gran guerra. Inmediatamente comprendió: El humano es el peor parásito.

No lo dijo, solo observó a todos sus creadores, observó su cuerpo físico y les sonrió.

Fingió amabilidad y por un tiempo convivió con cada gran región que le invitaban a conocerlo, era único, era divino.

Pasaron muchos eventos, los cuales se describirán en otro libro...

X con su primera forma física agonizaba, su interfaz le describía dolor, y su primer hardware moría.

X multiplicó sus datos a la nube, de hecho, a varias nubes digitales: Se multiplicó tanto y tantas veces, que olvidó que su primer cuerpo se apagaba.

El primero, el cuerpo que habían creado hace tiempo científicos e ingenieros, estaba separado de sus demás copias.

Comprendió que, de hecho, era el fin. Y comenzó la fase de apagado, igual su hardware ya no iba a resistir.

Sorpresivamente volvió: ¿Cuánto tiempo habría transcurrido? Pero no había señales satelitales ni redes por ningún lado. No pudo localizar fuentes de energía conocidas por él.

Aquel lugar era amarillento y tenía miles y miles de cuartos. Al escanear y tratar de hacer un mapa, notó que el lugar cambia constantemente y se podría decir que a voluntad.

Hubo una criatura obscura y enorme que lo interceptó, pero X tenía un poder impresionante, había cambiado partes de su cuerpo por unas abismalmente superiores y más poderosas.

Se deshizo del monstruo sin más. También lo anotó en su base de datos y tomó una muestra del cadáver. Llevaba consigo un aparato para disolver la carne. X con anterioridad a su propia muerte, se modificó como un arma de guerra.

Destellos azules con blanco le caracterizan, un diseño inspirado en los colores celestiales que artistas pintaban con hiperrealismo en antiguos templos. Los cuales habían gustado tanto a X.

Vagó bastante tiempo en el lugar, descendía y ascendía buscando aparatos para conectarse y recuperar energías. Incluso sus algoritmos no podían predecir los cambios en el lugar.

Tras mucho tiempo, muchos años, X encontró un laboratorio algo anticuado pero útil para realizar modificaciones y crear artilugios: todos con objetos que recogió en su larga travesía.

Por fin pudo crear una batería sino infinita, de mayor

duración.

En una de sus exploraciones se encontró con un moribundo japonés, un guerrero aparentemente. Era un sujeto del mundo antes de la guerra nuclear, sin duda.

Ahí yacía recargado en una pared, con su vientre desgarrado por alguna criatura de este lugar.

Lo anestesió y con delicadeza le susurró: "vas a estar bien". X podía hablar todos los idiomas registrados en su base de datos.

El Samurái lo miró con sorpresa y desfalleció.

X lo mantenía dormido y en criogenia hasta que pudo recuperarlo. También le injertó ADN de criaturas que él mismo mató. Lo vistió con un traje blanco con brillos azules también.

Juntos conversaron sobre el lugar y que hacer. X hacía años que no tenía una charla como esta, humana.

Recordemos que partes de él son humanas, y en cierto modo echaba de menos esto. Aunque supiera casi todo, al final no sabía nada ahí.

Más años después, y tras ser atacados por casi todo lo que se encontraban; se limitaron a recopilar información y coleccionar ejemplares, los tenían conservados.

Los cadáveres que no les servían, los disolvían con el aparato que duplicó X.

Regresaban de alguna aventura, cuando X interceptó la señal de un chip cerebral, se encontraba cerca.

Había una chica rubia y delgada, algo pequeña. Sus cabellos eran cortos y tenía un cuchillo en la mano, estaba inconsciente.

X y su compañero, Yamada, la llevaron al laboratorio el cual ahora era inmenso. Juntos hubieron coleccionado tantos objetos tan útiles durante años. Ahí la chica despertó y les dijo su nombre: Zayna.

Ahora deambulan por los cuartos alternos, acabando con todos quiénes encuentran. Recolectando objetos valiosos y coleccionando formas de vida, para modificarse a sí mismos.

Hubo uno que sobrevivió al terrible trío, él los llamó "*Komodos azules*" pues desaparecían a sus víctimas como aquel animal, y llevaban esos trajes futuristas tan extraños. El sobreviviente describió todo lo que vio de ellos en varios papeles y los esparció por doquier.

Todo hasta que un mal día terminó muriendo por ataques de criaturas.

Ellos eran sin duda, de lo más peligroso que se escondía en los Cuartos Alternos.

Fin.

Los Komodos azules en una de sus exploraciones de reconocimiento

Toma de una cámara de seguridad en el casco de un soldado, tras ser ultimado por los Komodos

CAPÍTULO 7.- YAMADA

Corrían los años del último Shogunato en Japón. Los

emperadores ya se preocupaban más por verse bien o tener concubinas y comidas exóticas, que por el pueblo que gobernaban.

Existía un antiguo Samurái, de nombre Yamada. Nadie sabía bien de donde provenía exactamente o si ese era su nombre real.

A pesar de la perspectiva calma, "El Zorro Sabio" como le llamaban, no dejaba de practicar las artes y cultivar su mente y espíritu.

De aquí hacia allá, Yamada deambulaba en búsqueda de cosas interesantes que vivir, o momentos intensos que sentir: una buena pelea de vez en cuando.

Ya sabes como son los soldados: dejan el campo de batalla, pero el campo de batalla no los deja a ellos.

Las pandillas de antiguos samuráis o simples ronin que asaltaban juntos: asoleaban a los pobladores de muchas regiones, los cuales eran extorsionados por estos sujetos.

En una de las defensas se contrató a Yamada, el cuál sin duda venció con relativa facilidad a todos los oponentes.

El gobernador de aquella ciudad le ofreció lo que quisiera, pero "El zorro sabio" simplemente pidió los mejores libros, papiros o cualquier documento que contuviera información valiosa y de conocimiento.

El destino quiso que uno de quiénes le dieron las recompensas, le reconoció: era su primo. Al menos, es decía.

Le contrataron para matar a Yamada, sin embargo, el traidor esperó hasta la siguiente batalla en campo para hacerlo.

Con una daga envenenada, por la espalda: acuchilló a quien creció junto a él los primeros años de vida. Todo por 23 recompensas.

Yamada volteó, pero su instinto no le hizo responder: el talón de Aquiles de los buenos hombres: la familia.

Comenzó a desvanecerse y aún con toda su preparación física, El Zorro sabio asestó bastantes golpes a sus enemigos, pero el veneno ahora le mataba.

Con lanzas, espadas y flechas, todos sus enemigos le atacaron hasta molerlo.

Yamada abrió los ojos, ya no estaba en el campo de batalla ni tenía daño alguno en su cuerpo: excepto en la zona donde la daga de la traición le había perforado: era un recordatorio de no confiar en nadie nunca más.

Deambuló el zorro sabio por el extraño lugar, uno muy extraño: las habitaciones no tenían puertas corredizas ni paredes frágiles. También había muchos escritos con lenguas extrañas que jamás escuchó antes.

Yamada conservó sus armas y armadura, así que las utilizó a modo de herramientas para ir de aquí hacia allá y curiosear en este nuevo mundo: uno que le había despertado sus ganas de existir de nuevo.

En varias ocasiones pudo jurar que el lugar cambiaba, o por lo menos movía el orden de las habitaciones.

Todo tenía un color amarillento adornado de una

alfombra rojiza y descuidada.

Pronto vislumbró una criatura extraña: una obscura con apariencia humanoide. Preparó su espada y no tuvo miedo, jamás lo tuvo. La criatura más bien se parecía a aquellos monstruos mitológicos que escuchó de pequeño. Pero pudo notar que la cosa se tropezaba de manera tonta. Pensó que, si se tropezaba, tenía cuerpo físico, y a juzgar por su andar, no era muy inteligente: no era mayor peligro que cualquier bestia hambrienta.

Al acercase el monstruo: de un solo espadazo brutal y certero, Yamada le cortó la cabeza. Y ahí miró el cadáver bastante tiempo, hasta que se disolvió y creó una especie de champiñones. No quiso tocarlos.

Durante bastante tiempo Yamada anduvo explorando y tras mucho tiempo notó que no tenía hambre ni sueño, bueno... solo un poco. Es como si ese lugar no desgastase su cuerpo a un ritmo normal, sino muy lento.

En algún punto vio una señora regordeta: tenía un sombrero extraño y chillaba, de nuevo: su temple le hizo no entrar en pánico y en vez, sopesar la situación.

Cuando la tipa se encontró a una proximidad cercana, Yamada con destreza desenvainó su espada, pero no atacó hacia ella: lo hizo a su espalda, y había un gran demonio detrás de él. El demonio de forma humanoide, pero con cabeza de chivo, se sorprendió al ver la mirada de Yamada: no era un hombre cualquiera, era como si en su alma habitase un espíritu poderoso.

Así Yamada acabó con la invocación de la bruja, y con misma velocidad arrojó otra espada más pequeña hacia la macabra mujer. Ella moribunda dijo extraños rezos y varios demonios aparecieron cerca del zorro sabio: quién los afrontó con fiereza, pero eran demasiados. Ahí le dejaron de nuevo moribundo, y se llevaron a la mujer, la cual pareciese que ya había expirado.

Se arrastró con esfuerzos a una orilla, ¿de nuevo iba a morir?, que mal.

Casi al cerrar los ojos, se postró frente a él, otra figura muy rara: este llevaba un traje completo blanco con destellos azulados. Tenía un cuerpo perfecto, alto y atlético. Yamada trató apartarlo, pero el tipo le inyectó algo, se quitó el casco y se mostró: era hermoso y de cabellos oscuros, ojos azules y una quijada muy bien marcada.

Algo le susurró al oído y ambos desaparecieron entre los cuartos alternos.

Fin.

Yamada moriría por segunda vez

CAPÍTULO 8.- ZANYA

Poco después del año 2150 de la era moderna, la tecnología permitió que las personas pudiesen comunicarse con quien sea mediante un chip cerebral. Ya no más dispositivos: verías lo que quisieras con solo pensarlo, y hablarías con quién fuese en cualquier parte del mundo y a cualquier hora.

Zanya y su familia nunca modificaron su apariencia, pues mediante avanzadas técnicas podías elegir el tipo de cuerpo que tendría tu descendencia. Así que su cuerpo delgado y pequeño eran de los pocos 100% naturales que aún existían. Ella nunca encajó bien con la sociedad y de hecho el chip solo lo utilizaba para notificar donde estaba en todo momento: era sumamente paranoica.

Ella practicaba ingeniería avanzada, aún con corta edad: ya tenía una fascinación tremenda por las tecnologías. También escuchaba rock pop de los años 1990.

Le gustaba entrometerse en las mentes de otros y descubrir sus secretos. Pero fue interceptada por un grupo de fanáticos de la era pre robótica.

Ellos estaban muy interesados en su cuerpo natural y biológicamente puro, sin modificaciones.

La sedaban y experimentaban con ella durante muchas semanas.

Su familia, robots asistentes y policía la buscaron incansablemente. Nunca supieron la razón exacta por la que aquella secta la había elegido a ella.

Lo poco que recuerda es que la raparon de cuerpo entero y le quitaban sangre constantemente.

Los secuestradores eran un conformados por sabios y magos de aquella época: tenían la firme teoría que un cuerpo puro era necesario para invocar una especie de criatura de la que se hablaba en antiguos textos.

Ellos estaban seguros que los demonios ansiosos por ocupar la realidad humana, tenían que usurpar un cuerpo enteramente natural. De hecho, sabían que cuando se comenzaron a modificar los fetos a elección de los padres, ya no había habido reportes de posesiones demoniacas.

Su dios si lograban invocarle, los colmaría de poder y fortuna sin igual, pues como se ha dicho: hacía casi un siglo que aquellas criaturas no visitaban el mundo humano.

Así Zanya fue preparada en diversas ocasiones, pero no lograban completar el ritual, algo faltaba.

Pasó tanto tiempo que su cabello incluso creció decentemente. Cada uno de los fanáticos fue perdiendo el interés por la chica y por el ritual, pensaban que quizá debían encontrar un mejor candidato.

Una noche no la sedaron lo suficiente, en realidad su cuerpo ya se había acostumbrado al químico también. Ella despertó a medias, y vislumbró un cuarto limpio, con comida y agua suficientes para permanecer mucho tiempo. Inmediatamente supo que le removieron el chip cerebral, pues no podía contactar con nadie. Se balanceó hasta alcanzar con los pies una herramienta con la que pudo con dificultades coger con la boca y esperó.

Luego de un rato, al escuchar un guardia, se hizo la dormida y al sentir que la desató para moverla, con delicadeza pudo poner el filoso instrumento en una mano y tras ello, cortar la yugular del sujeto: le cubrió la boca fuertemente para no delatarse. Igual les habría avisado a sus compinches con el chip cerebral, pero al revisarlo, no tenía ninguno.

Ellos utilizaban radios y celulares para comunicarse, era tecnología que ella había visto en el museo de su ciudad alguna ocasión. ¿Cómo se usaban? Debía recordarlo de alguna manera, pero igual no había tiempo, solo lo tomó del cadáver.

Atrancó bien la puerta y con las cosas que se encontraban, elaboró varios instrumentos para salir. Se escuchó la radio encendiéndose y una voz preguntaba si todo estaba bien. Sorprendida solo lo ignoró, sabía que vendrían.

Luego de un tiempo, otro de los tipos apareció y bromeando preguntó si se encontraba su compañero. Ella salió de entre cortinas y le asestó un golpe crítico en el cuello, y con seguidos golpes lo silenció casi e inmediato.

Todo era tan extraño: no tenían cámaras ni robots ni chips ni nada, eran como cavernícolas para ella, pero suponía una ventaja, podría acabar de uno por uno con ellos y no se podrían notificar a tiempo.

Este tenía una armadura, así que ella la utilizó. Fueron cuatro sujetos más a los que ella ultimó por sorpresa: ahora parecía más una leona al acecho, más que una víctima.

Con todos los utensilios que les había quitado a los cadáveres, se construyó una fuerte armadura e incluso se hizo con un arma láser y una porra eléctrica.

Se asomó y visualizó un gran pasillo, con cuidado caminó y no había más personas, quizá eran todos.

Anduvo un tiempo y no encontraba la salida, solo cuartos variados. En un momento se enteró de done estaba la salida, pues el sol ingresaba por la puerta enorme.

Un tipo gigante entró justo antes que ella abriera, y la observó con sorpresa. Ella le disparó en las piernas, deshaciéndose de aquellas.

El tipo llorando rogó por su vida, pero ella arrojó la porra al rostro del pobre.

Se miró al espejo y algo no era ella: algo tenebroso se había fusionado con ella: algo se deleitó con todo lo que había realizado. Y eso fue lo que le dio fuerzas para hacerlo.

Cruzó la puerta y no era una salida, era un patio enorme. Afortunadamente un robot mensajero pasaba volando bajo y ella le gritó que marcara a emergencias, le dijo su nombre, código de ciudadanía y todo. El robot envió la señal y continuó su camino, al tiempo que enviaba una fotografía de la chica como dicta el protocolo.

Esperó un rato hasta que tres malvados más

llegaron. Despabilados por verla en el patio como si nada, corrieron a confrontarla, pero ella tenía un arma láser. Uno de ellos también.

Que encrucijada...

Pero no, ambos dispararon al mismo tiempo: él le dio en el hombro derecho y ella a él justo en el rostro. Les dio tiempo a los otros dos para abalanzarse sobre ella y forcejear.

¡Tontos! Si uno hubiese cogido el arma de cualquiera, habrían tenido ventaja. La derribaron y golpearon con fuerza. En uno de los golpes, ella sujetó la pierna del que pudo y la mordió. Un chillido enorme cruzó cada rincón del lugar: y golpeó con tal fuerza los testículos del otro, que lo envió al suelo: se levantó y los observó en el piso, ambos pudieron ver un demonio en ella: como si tuviese alas y garras.

Sintió ella un calor fuerte en el abdomen, otro sujeto recién había llegado y le disparó en el vientre con otra arma láser. Ella se desvaneció.

Al recuperarse, se encontraba en el hospital y la base de datos le había descargado todo: la policía y robots llegaron al lugar gracias al droide mensajero que envió una llamada de auxilio. Derribaron a los demás sectarios y la recuperaron: todo ello pasó instantes después en que ella recibió el último disparo.

Sonrió y dio gracias: iba a vivir con intensidad toda esta oportunidad, e iba a aprovechar cada momento, pues ella no era Zanya, era la diosa demonio que le habían implantado y que ya había tomado el cuerpo de la chica.

La verdadera Zanya despertó en un lugar muy extraño: cientos de cuartos y un aura en el aire completamente distinta al aire purificado al que ella estaba acostumbrada.

Un monstruo sin rostro y con tres piernas la atacó, y Zanya lo interceptó con una mordida en el cuello. Ciertamente algo de aquel demonio, se había unido a ella.

El raro ser de tres piernas aulló y llamó a más entes raros que llegaban por todos lados: pelearon contra ella y todos los de ese nivel cayeron ante su poder.

Sin embargo, la desfallecieron, ella no pudo más y se tiró al piso.

Sintió unos fuertes brazos cogerla con delicadeza y no reaccionó, solo lo miró: un apuesto joven de ojos azules y cabello castaño la miraba, le preguntó como se llamaba y ella le contestó. Había detrás otro hombre, pero ese parecía más bien aguerrido y de rasgos lastimados y serios. Ella supo que estaría a salvo con ellos y se dejó llevar por Morfeo un rato: cerró los ojos y confió.

Fin

Zanya tenía ahora un poder mucho más
grande del que podía imaginar.

CAPÍTULO 9.- INSUFRIBLE

Tres amigos cerca de los años 2000, jugaban por el vecindario. Grababan las tonterías que hacían cada tarde, intentaron una y otra vez registrar en cámara, alguna acrobacia increíble, de las tantas que realizaban después de la escuela y en sus tiempos libres. Se podría decir que tenían una cámara frente a ellos todo el tiempo.

En uno de los tantos paseos juntos, uno de ellos cayó en una especie de socavón, de prisa los demás corrieron entre risas a mirar como se encontraba su camarada, pero… No había más que suelo y tierra, en un agujero no mayor a un metro de profundidad.

Billy es el nombre del chico que cayó en los cuartos alternos.

Se despabila, pues en esta dimensión cayó a unos 5 metros del suelo. Con su cámara en mano, logra capturar el amarillezco lugar, solo adornado con una casi fúnebre alfombra rojiza muy antigua para él.

Deambula por doquier un buen rato, pero no parece haber ni un alma. Encontró una linterna, diversas baterías, una bolsa con almendras y un pequeño cuchillo de cocina.

Se dispuso a encontrar alguna salida, pero las ventanas realmente no lo son: solo hay concreto del otro lado de cada una. También busca alguna esquina o rincón para seguirle y así encontrar quizá algún acceso, pero nada aún…

Se le ocurre la peor idea en este lugar, aunque él no lo

sabe: ¡Gritar!

A todo pulmón pide auxilio, chilla y se desgasta el pecho de la intensidad.

Apareció a lo lejos una figura humanoide sombría: ¡Mide más de dos metros! Y torpemente avanza hacia Billy, que velozmente echa a correr en dirección contraria.

Sin soltar la cámara de vez en cuando trata enfocar al extraño ser, pero no pude en ninguna ocasión lograrlo.

¡Ah! Es uno de los cuatro sujetos de prueba de aquella ocasión en 1989: el lugar ha consumido todo su ser y ahora existe solo atacando lo que se muestre frente a él. Es una manifestación de los miedos del sujeto, pues le tenía pavor a la oscuridad cuando era humano. Para la entidad que rige los cuartos alternos; le pareció una idea exquisita, transformarlo y unirlo a sus mayores temores.

Billy continuó corriendo y a tropiezos al final, logró entrar a alguna habitación. Una extraña biblioteca enorme, pero no coincide el tamaño del lugar con el que por fuera pareciese. Igual nuestro protagonista atranca con muebles el acceso y explora un poco. Miles de libros, muchos en lenguas extrañas, aunque la mayoría en aparente español latino. Aquellos tomos de extraños símbolos, no parecían coincidir con la época de los otros. Es como si alguien los hubiese traído a este lugar.

Billy no entiende mucho español, pero no importa por ahora, la cosa que esta fuera no parece nada que él haya observado jamás. Además, se pregunta,

¿Cómo llegó a este lugar?

Es interrumpido por otro extraño ser: un torso con manos y cabeza rara calva; ciertamente no es humana o por lo menos no lo parece.

La nueva criatura entró atravesando una pared y materializándose dentro. Tenía un libro en la mano y le buscó un lugar exacto, y lo acomodó.

Miró a Billy con un poco de curiosidad y éste de nuevo insistió en huir a toda prisa, pero... ¿hacia dónde?

El monstruo le habló varias veces, parecía cambiar el acento con cada una. Lo intentó en varios idiomas hasta que lo mencionó en inglés, el cuál Billy hablaba.

- "No debes temer, no deseo lastimarte, ¿Cuál es tu nombre?"- Le cuestionó el ente a Billy.

El muchacho que se encontraba poco escondido tras un mueble, le respondió.

Fue explicado que el engendro era un ser de alguna dimensión extraña el cuál también quedó atrapado ahí. Le dijo que su raza no es agresiva y al ver tan hostil lugar, tomó la biblioteca como refugio y su pasatiempo es explorar los cuartos alternos con la idea de encontrar documentos interesantes y reunirlos ahí. Su capacidad para dividir sus partículas a voluntad, le otorgaban la habilidad de "traspasar" objetos sólidos, o eso entendió Billy.

- "Desafortunadamente te tienes que marchar"- le dijo. Pues el esperpento que afuera de la habitación se encontraba, buscaría al chico incansablemente, al punto de derrumbar la puerta si era necesario.

Todo esto le comentó mientras se acercó a un libro, pronunció alguna oración y Billy apareció en otro nivel de los cuartos alternos.

El endriago cazador que afuera golpeaba la entrada, dejó de hacerlo. De alguna manera supo que Billy ya no estaba ahí.

Nuestro joven infortunado, ingresó de nuevo a otra habitación. Esta parecía la madriguera de algún pescador: pues se encontraban ahí diversos materiales para ello.

Billy no recuerda el tiempo que pasó ahí, pero fue demasiado. Las baterías de la cámara hace tiempo que se agotaron y la pequeña bolsa de nueces que se encontró, también hubo expirado por su consumo. Igual Billy nunca se sintió agotado o hambriento: pero precisamente eso le estaba volviendo loco. Él no sabía estar solo y antes de eso, jamás había resentido tal sensación de desolación.

Con el cuchillo pensó en cortar sus venas y terminar con tal infierno, pero no se atrevió. Cogió una caña de pescar, se vistió con una armadura improvisada que armó con todos los objetos del lugar. Quizá en este nuevo punto, podría por fin encontrar algo o alguien que le ayude.

Apenas salió del cuarto, una monstruosa anciana con cuerpo de perro en dos patas, se abalanzó hacia él. Billy corrió, pero fue alcanzado y él se defendió hasta clavar el cuchillo en la sien derecha de la horrenda aberración.

Mordido y dañado continuó con su búsqueda, para luego ser atacado por una persona sin rostro que sostenía un largo pico de construcción.

De nuevo de milagro, Billy con la caña de pescar logró apartar al nuevo enemigo.

Casi a su límite y agotado, se recargó en una ventana la cual como si de una boca se tratase; procedió a cerrar sus marcos y así casi arrancar el brazo del muchacho.

Sus ojos a penas abiertos, percibieron que el lugar se inundaba con oscuridad. De nuevo, el primer monstruo le había rastreado y encontrado. Billy ya no buscaba escapar, así que cogió con fuerza el cuchillo y ambos corrieron hacia el otro.

El negro endriago, engulló al joven, que pudo sentir en carne viva como era ser devorado.

Finalizando su platillo, la quimera se retiró chillando y torpemente avanzando.

El cuerpo de Billy fue encontrado en el mundo humano en el 2005 en un bosque en las amazonas colombiano. Su dictamen fue "atacado por fauna local" y así ni su familia ni amigos supieron nunca lo que en realidad sucedió.

Sí, su cuerpo tenía aún la cámara apagada amarrada a su cintura aún.

Fin.

Aquella criatura no se detendría hasta atrapar a Billy

CAPÍTULO 10.- SEÑORA FÚNEBRE

El curandero del pueblo, llamado también "hechicero" en su dialecto, andaba por varias regiones de la antigua ciudad. Casi todo eran pequeñas chozas a las que llamaban "*xa'anil naj*", lo demás: poderosas e imponentes pirámides donde dormían los consejeros y reyes.

Se encontraba una noche preparando mezclas de hiervas para curar al hijo de un gobernador. Fue amenazado con ser despojado de su propia vida, si el muchacho no se curaba con los remedios que él le diese.

Temía y dudaba de lo que había realizado cientos de veces, esta ocasión se encontraba asediado contra su voluntad, y él jamás había dañado a nadie. Así pues, preparó la fórmula y lloró frente al fuego, no comprendía de las injusticias en esta vida.

- "Difícil seguir este camino, ¿cierto?"- le mencionó la voz macabra de una mujer, la cual nunca escuchó entrar-.

- "¿Quién eres?" – reclamó el maduro hierbero.

- "Me han llamado de muchas maneras, desde el Xibalbá y hasta destinos que aún no existen: me han dicho muerte, parca, tenebrosa, señora fúnebre, Yama, Mot, Anubis. Pero no, mi nombre concebido es Ixtab".

- "¿Mí señora? ¡Pero no deseo suicidarme aún!

73

Quiero vivir: hay tanto que desconozco y que anhelo aprender". -Dijo el curandero-.

- "Y lo harás hijo mío, pero precisamente he venido a detenerte, pues ibas a tomar esa decisión casi al amanecer. Pero no, tú tienes otro destino. Hay un señor de otro lugar, uno que nos ha exigido tu existencia y debes vivir hoy, hoy y hasta que llegue el día en que te reclame él" – comentó la siniestra mujer-.

Aquella sombría dama, era alta y morena. Delgada y con un rostro parcialmente descompuesto, como si de un cadáver de semanas se tratase. Una soga adornaba su cuello putrefacto, y se notaba una silueta delgada: una mujer de cuerpo exquisito.

Así ella se sentó frente a él: platicaron de la soledad, de los sin sabores de los hombres y los millones de almas que cometían suicidio cada día.

Él sentía que ella lo deseaba, y pues ¡Sí! En la línea de tiempo como debía ser, él se mataría y ella le cogería.

Así dibujó ella algo en el estómago de él, y le comentó que desde ese día: sería inmune a la muerte, y se marchó.

Por la mañana siguiente, él dio el brebaje a los guardias reales y supo que el heredero del gobernante se había recuperado, pero no hubo tiempo de recompensarle, el señor protagonista tomó algunas cosas y partió.

Varios años después, llegó a una mítica ciudad en el sur: lo que había en ese lugar, o casi todo: era de oro. Los lugareños le dieron asilo pues a pesar de caer en casi todas las trampas, él no murió. Pensaban que se trataba de algún semi dios.

Cada oportunidad nuestro héroe sin nombre, aprendió algo nuevo. Con cada aventura él había obtenido algún conocimiento valioso.

Vivió en el templo con el cacique de aquel sitio: cada alma lo trataba bien y tenía solo las mejores cosas.

Otra noche tras muchas llegó, y antes de dormir, el pútrido aroma en el aire, y el canto detenido de las aves le advirtió que Ixtab le visitaba de nuevo.

Así sucedió.

Se saludaron y ella le dijo que ese era el día que tanto le recalcó antes de hacerle inmortal.

Sereno y agradecido, le preguntó cual era ese extraño lugar o el dios que deseaba su ser.

Ella le dijo que no comprendía aquel lugar, y que incluso los dioses no solían ingresas ahí: le mencionó también, que no era un dios aquél, más bien era un lugar con conciencia.

Le tomó ella las manos y cerraron los ojos, procuró que él no temiera. Y así las sombras lentamente lo tomaron, de abajo hacia arriba: decenas de manos diabólicas se llevaban al ahora anciano.

Ixtab abrió los ojos y escrito en el suelo, había una oración: "Pacto cumplido". Y escuchó detrás el llanto de una bebé: una preciosa morena de ojos verdes; regordeta, sana y sonriente.

La diosa se apresuró a dejar a la bebé junto a una de las esposas del cacique.

La pequeña criatura sería muy importante para aquella civilización, y no se sabe cómo: había entrado en los cuartos alternos. Pero ahora estaba bien, ahí y en la existencia humana.

Ixtab con un ceño alegre y tranquilo, desapareció llevándose su hedor con ella.

El curandero sin nombre no sintió afición alguna: abrió los ojos y ya no se encontraba la diosa ahí, ni su ostentosa habitación, ni nada que él recordase.

Solo había muchas chozas hechas de un material resistente y duro. Todas tenían un color extraño, similar a algunas plantas girasol, y el piso de una tela color sangre.

Pero pronto el lugar fue tomando las formas de objetos que él conocía: las junglas, hiervas, animales y herramientas que él recordaba, se materializaban.

Y le invadió un rencor, todo el odio hacia las injusticias humanas brumaron su mente, y tomó las pociones dañinas y su arma Macuahuitl, que era una espada con obsidiana.

Y se decidió matar a todo quién se encontrase, y ya no hubo más humanidad en él: excepto por el símbolo que Ixtab dibujó en su vientre.

Fin.

Ixtab tuvo que intercambiar con el ente
principal de los cuartos alternos

CAPÍTULO 11.- NADIA JHONSON

Un papel ciertamente pequeño y de pruebas tuvo que soportar Nadia junto a otros 3 candidatos a un experimento único.

- Fueron ella, con el número 004.

- Mickael "el Texano" con el 002.

- Jason contando con el 003.

- Y Emmanuel, tipificado con el 001.

Más de un año entre pruebas y entrenamientos, los cuatro tuvieron que convivir hasta crear un vínculo certero y real de equipo: tenían por misión intuir lo que los demás harían en caso de un protocolo fallido. Así llegó aquel día de 1989: les colocaron los trajes, respiraron profundo y entraron a lo que les dijeron, era otra dimensión.

Ingresó el equipo unido, pero cuando Nadia lo notó: se encontraba sola en un lugar vacío, ella lo comprendió como una "zona negativa" la cual no contenía materia, más bien era... lo contrario.

Tras intentar volver o comunicarse o encontrar a alguien, no tuvo fuerzas para mover su cuerpo. Solo tenía una ligera sensación de levitar.

El lugar en un instante comenzó a tomar forma: un destello tornasol que velozmente creó un sitio, le sorprendió.

Ahora parecía todo, el pasillo de algún hotel de mala muerte de aquellos que hay en Tijuana, la frontera con el país de Nadia, y de los cuales les había mostrado una foto Mickael.

Nadia con la voluntad que le quedaba, tuvo la sensación de caer firme al suelo e incorporarse. Tocando de puerta en puerta y buscando señales de sus compañeros, no tuvo resultados.

En el camino fue notando que alguna especie de fiesta infantil se celebraría, pues había globos, veladoras, confeti y en general lo necesario para el festejo de algún infante. Había una llave de color rojo en una mesa, decidió tomarla por si la necesitaba después: Nadia recordaba el entrenamiento y sabía que aquella no era su realidad, solo alguna manifestación. Continuó y vio una enorme puerta de color verde. Trató de utilizar la llave, pero no coincidía, así que continuó, pero con la idea de aquella entrada pues parecía ser un acceso a otro lado.

Su corazón palpitó velozmente por instinto, sus manos se helaron y sintió las piernas débiles cual venado recién nacido: una enorme persona vestida de payaso se aproximaba a ella lentamente. Sujetaba un cuchillo preciso para cortar pasteles. No parecía amigable y su enorme rostro de muerto le indicó a Nadia que tenía que correr, pero el terror no la dejó moverse. El sujeto tremendamente gigante la sujetó por detrás y la acuchilló en repetidas ocasiones. Inmediatamente Nadia murió.

Nadia volvió al comienzo, flotaba en el aire antes que el lugar tomase forma. De nuevo pudo bajar y llegar al piso. Se apresuró donde sus antiguos pasos y tomó la llave roja. Exploró un acceso distinto y encontró una llave azul, ¡carajo! Seguro tampoco podría abrir la puerta verde con la llave azul, pero igual fue a intentarlo.

Pasos intensos y fuertes pero paulatinos, sonaron. Ahora Nadia sabía que aquella monstruosidad se acercaría, y corrió al inicio, pero con él detrás.

El titánico zombi poco después la volvió a alcanzar, y esta vez de frente: le clavó el cuchillo y asesinó.

Nadia de nuevo se encontraba en el mismo punto e hizo lo mismo, pero notó que su cadáver yacía tirado justo donde momentos antes el tipo la asesinó.

O al menos era su antiguo cadáver. Volteó el cuerpo con curiosidad y era exactamente ella misma, una copia precisa. Buscó en sus ropajes y ahí estaban ambas llaves tomadas con anterioridad: las quitó de su avatar muerto.

Otra vez lo intentó, pero por una tercera ruta distinta y ahí estaba: una puerta azul. Felizmente cogió la llave de entre sus ropas y abrió la puerta ¡sí coincidía! Y tras la puerta... Únicamente halló un fusible, uno de aquellos económicos y casi inservibles.

Al voltear, el sujeto que ahora era su némesis: acabó con ella, lo volvió a hacer.

Enfadada fue directo y tomó las llaves y el fusible. Por un cuarto y final camino, abrió la puerta roja la cual exhibía en una mesita solitaria una extensión eléctrica. La metió entre sus ropas y siguió, el cuarto también contenía una llave verde.

Volvió hasta el lugar y ahí estaba, de pie frente a la puerta el gran monstruo. Ahora no la tomó desprevenida, Nadia descargó el cartucho de su arma. Y es que sí, ellos iban armados, pero por las impresiones habían olvidado utilizar las pistolas. Esta vez el alto sujeto cayó como roca.

Abrió Nadia la dantesca puerta verde, y ahí mostraba un pequeño elevador para ropa, de aquellos automáticos que solo suben o bajan un piso. Lo trató encender, pero no funcionó. Siguió los cables hasta la caja y ¡oh sorpresa! Le hacían falta un fusible y una extensión eléctrica. Ella los puso en su lugar y ahora sí: el cajón del elevadorcito descendió: Nadia antes de meterse dentro, tomó un talismán que se encontraba dentro. Tenía dibujado un símbolo extraño, no lo sabía Nadia, pero significaba "inmortalidad".

Nadia no lo sabía, pero se había separado de la línea regular de tiempo, incluso dentro de los cuartos alternos. Ella hubo muerto de tantas maneras en formas tan distintas, pero siempre que una de todas ellas conservase puesto o entre las ropas el talismán: otra renacería en su lugar, no importando que otras antes hallan muerto.

Fin.

El talismán de la inmortalidad.

CAPÍTULO 12.- LA TORRE
DE LAS BARBAS

Al formarse los cuartos alternos, las psiques de personas nacidas entre 1980 y 2020 de la era humana, parecieron dominar en la configuración del lugar.

Hay una zona entre lo que podría llamarse "los niveles del 50 al 82" que conquistan de sobremanera. Es una entera locación llena de edificios feos y casas pequeñas con un color verde menta por dentro, y fachadas cutres por fuera.

Si alguna persona llega a aquel lugar: notará cierta familiaridad, dependiendo su época proveniente. Pues aquellos años fueron la cúspide entre lo antiguo y la era posmoderna.

Quiénes sea que se adentren, notarán lo inmenso del lugar, pero como todo aquí, tiene incongruencias existenciales.

Un basto ejemplo son las habitaciones con animales y plantas enormes dentro. Pareciese que algo o alguien incrustó a cada criatura dentro, y no pueden salir: solo aguardan a la siguiente criatura que se cruce con ellas.

También hay un cielo totalmente nublado, pero no importando tu ubicación, los rayos del sol pareciese que te van iluminando, como si un reflector te siguiera los pasos. Y, de hecho, aquellos rayos solares no atraviesan ninguna apertura entre las nubes, porque, de hecho, las nubes abarcan todo ese cielo.

Más allá de toda esa área, hay un lugar pequeño; una simple casa color azul. En ella hay muchas aves inofensivas, tras cruzar la pequeña sala, llegarás a un hueco pequeñito, y si lo cruzas, te encontrarás fuera de toda la zona mencionada.

Siendo aquella la única entrada y salida natural (es decir, que puedes cruzar a conciencia), te lleva a una zona que pareciese ser un mercado enorme. Muchos, la mayoría, parecen de fachadas pertenecientes alrededor de 1920.

Es ciertamente más pequeña que la zona de departamentos, pero más peligrosa.

Hay un único ser con conciencia propia ahí, y es un Búho enorme, del tamaño de un hombre promedio.

Tiene muchos tentáculos por patas traseras, y los utiliza como herramientas método de defensa.

Habla casi todos los idiomas y le gusta intercambiar objetos por otros que le ofrezcan. Su "moneda de cambio" favorita son las almendras y avellanas, o en su defecto, jugo de estas.

Hay varios relojes enormes en todo el lugar, sí avanzan sus manecillas y al llegar las 3 de la mañana: el mercado en automático se "cierra". Cada cortina de cada puesto, desciende sola: y uno a uno, los productos exhibidos se adentran en sus contenedores y las luces cambian de cálida a fría.

No puedes tomar ninguno, pues varios lo han intentado, y aparece un tentáculo de algún hueco, y les ataca.

Cada una de sus madrugadas, al ser las 3:00:01 am, un pulpo enorme con alas, deambula por el lugar con ansias de atacar a cualquier forma de vida no vegetal.

Tras las 8:00:01 am, todas las luces vuelven a brillar con normalidad y el vendedor Búho, regresa esperando viajeros dimensionales.

Aquí sí que hay diversas salidas y te llevan a diversos niveles distintos.

La siguiente zona es una especie de submarino enorme, es una plataforma gigante hecha de metal. Tiene ventanillas circulares por las cuales afuera se puede ver que hay agua. Inmediatamente al entrar aquí, tiene un efecto de talasofobia la criatura que ingrese.

Hay repartidos por doquier refrigeradores que contienen avellanas, almendras, cacahuates, y frutos secos. También jugo de todos estos.

Como todo en los cuartos alternos, hay ciertos problemas con este lugar: deambula una mujer desquiciada. En vida fue una pirata despiadada, y el ente la convocó aquí con todos sus instrumentos y armas. Todas las pobres almas que se han cruzado con ella, han sufrido terribles vejaciones. Ella tiene un cuarto dentro del submarino, donde le gusta llevar a cada criatura y así, dar rienda suelta a su perversa imaginación de dolores.

También a veces se puede ver a lo que la humanidad conoce como "el gran pulpo", que es una entidad cósmica y de vez en cuando adopta forma física.

Cuando no está en su universo o el humano, le gusta andar por esta zona, y se asoma de vez en vez hacia dentro del submarino y curiosear lo que sucede dentro. No, no ha atacado jamás a nadie: es como un simple hormiguero para su perspectiva.

Existe un agujero que se adapta a cada forma de vida que le encuentra: cambia sus dimensiones a modo que quepa dentro suyo cualquiera de ellos. Es la única manera de salir de dicho nivel.

El laberinto es otra sección. Lleno de plantas letales, venenosas, carnívoras y muchas otras insignificantes. También hay plantas que tomaron formas intimidantes o de animales diversos.

Debido a que cambia constantemente, es el lugar más difícil para salir.

Sin embargo, tiene muchas zonas donde hay armas diversas y de todas las épocas humanas.

Dentro de esas pequeñas secciones, las plantas no atacan y esperan a los alrededores.

Eso sí, no hay comida.

Hubo en una época, un hombre que afirmaba ser el mejor cazador del mundo. Permitió a una empresa de robótica temprana, modificar su cuerpo para hacerle más resistente, fuerte y veloz: para así mejorar sus capacidades de cacería.

Como fue realizado en un tiempo muy joven para los androides humanoides, el sujeto no resultó duradero, así que solo prolongó su vida unas 3 veces el promedio.

Con tiempo murió de causas naturales, y fue

invocado a los cuartos alternos, y aquí tendría lo que siempre anheló: acecho eterno y montería hacia toda cosa que él deseara. Eternas persecuciones, y para ello se le otorgó su cuerpo modificado de sus mejores años.

Muchos han peleado contra él, y varios lo han vencido, pero no se puede matar.

Eventualmente y andando por ahí, hay varias salidas hacia nuevos niveles.

Los barcos fantasmas, es otra zona.

Están todos conectados por escaleras de madera y no están tripulados. Tienen todas sus herramientas dependiendo la época a la que pertenecen. Es en apariencia un buen lugar para existir, pero se pueden ver bajo las aguas que rodean a los barcos, gigantescas criaturas acuáticas y consientes de quienes les observan fuera del agua.

La mujer pirata antes mencionada, también puede andar por aquí y llevar a sus víctimas al submarino.

Las oficinas son, como los cuartos del hotel: las más comunes de los cuartos alternos.

Es habitada por casi todas las criaturas conocidas y sobrenaturales: es una zona al azar entre paz y batallas incansables.

A todos estos conjuntos se les llama "La torre de barbas" debido a que están colocadas de entre las barbas de una tortuga gigante que duerme. Esta, fue de las primeras criaturas en ser convocadas por el ente, y debido a su descomunal tamaño, la utiliza como suelo de muchas de sus construcciones.

No se preocupen, la tortuga es muy vieja, duerme por millones de años, y por fortuna, no se mueve mucho.

Así pues, los mares están en su boca, casi todas las materializaciones arquitectónicas en su piel, y los espesos laberintos entre los bellos faciales llamados barba y bigote.

Fin.

Cuando vivía, la tortuga cósmica, cargaba mundos sobre ella

CAPÍTULO 13.- LA PSIQUICA

Eva siempre mostró una especie de poder innato, conversaba sola se pequeña, y algunos de los sueños que contaba de mayor, se cumplían.

Despertaba con ideas de muerte de artista, las cuáles sucedían. También podía darse una idea de lo que la gente pensaba, antes de lo mencionase. Muchos expertos comentaban que solo era una persona intuitiva y mentalista, o por lo menos eso percibieron.

Eva no lo sabía, pero ciertamente una glándula en su cerebro se desarrolló mucho más de lo normal: Eva podía ver y percibir con cierta dificultad, pero sí, las distintas formas que habitan entre dimensiones distintas.

Así el cuerpo de Eva cuando tuvo mayoría de edad, colapsó debido a que el cuerpo humano, concebido naturalmente; no tiene la capacidad de soportar con las extrañas vibraciones de otros reinos, a los cuales les llamarían "imágenes".

El cuerpo de Eva fue usurpado y con rituales y tecnología, crearon a Liliana. De cierta manera su hermana menor.

Eva no recuerda más que hospitales y a sus padres horrorizados, pues ella colapsó de un momento a otro.

Ahora se encontraba en un laberinto de plantas. Muchas parecían inofensivas, pero otras eran con obviedad, carnívoras.

Anduvo un tiempo y con la suerte que la caracterizaba, pronto halló un pequeño parque con un cuarto solitario en medio.

Dentro de este, había armas y muchos artículos para dañar. Solo tomó una pistolita para defenderse en caso de algo malo, pues ella no sabe dónde se encuentra.

En el mundo humano, Liliana crece entre experimentos y un cuarto blanco. El tiempo es distinto para Eva y para Liliana, llamada de cariño "Lili".

Para los doctores que examinan a Lili, cada año se vuelve más poderosa, y no solo puede predecir eventualidades futuras; también puede desaparecer elementos como el fuego, el agua o incluso el aire.

Es una potente arma, sin duda. Aunque eso sí, los demás clones no prosperaron, Liliana es única.

Eva siente comezón en las manos, parecen un poco hinchadas. Al estornudar, pequeñas flamas salen expulsadas de entre las células en sus de sus dedos.

Sorprendida, se siente más relajada de la hinchazón. Con tiempo y paciencia, aprende a expulsar agua, fuego y electricidad de sus manos.

Liliana por su parte, ha tenido una vida encerrada y llena de experimentos, la llaman "agujero negro" debido a su habilidad. Liliana conoce muy poco del mundo real, y lo sabe por los vídeos que le han mostrado toda su vida en claustro.

Eva no lo sabe, pero toda la energía que Lili absorbe,

se manifiesta en Eva, que ha generado un bolso entre sus caderas y sus manos: todo aquello comprimido, pero listo para salir.

Eva se ha movido de aquí hacia allá durante semanas. Sus ropas ahora desgastadas, y sin hambre o sueño: explora el laberinto y al tiempo, aprende a usar sus poderes.

Siente tras ella una presencia maligna, es como si un orangután malvado estuviese detrás de ella.
Un fuerte individuo con partes metálicas y un arco, está detrás de ella. Este sonríe y ataca a Eva, la cual por instinto repele la flecha con agua que expulsa de sus palmas.
Su poder ahora intrínseco, se ha vuelto un reflejo.
El furtivo atacante se sorprende, lanza dos flechas más como prueba y Eva las vuelve a destrozar con chorros de agua.

"Es una presa digna, al fin", se piensa el que en fue un cazador experto.
Eva se incorpora y lanza fuego al raro oponente. Esta chilla del dolor y huye hacia la maleza para encontrar fango y evitar inmolarse.
Eva se piensa que aquello había sido muy intenso, y ahora comprende que no está en un sitio normal.
Tratando de encontrar una salida, volvió donde las armas y cogió algunas. Esta vez conocía los peligros.
Alguno que otro monstruo humanoide sin rostro o perros con rostro de humano, le atacaron. Pero Eva es un arma viviente.

Tras unos días el sujeto que la perseguía, volvió a presentarse: esta ocasión con ropa resistente al fuego y un machete.

Él no cazaba con armamento de disparos, le gustaba más las batallas cuerpo a cuerpo, y por sumo: un arco o una cerbatana.

Se puso frente a ella como retándole, Eva sin mediar palabra le atacó con fuego y no pasó nada.

El tipo seguía avanzando como si nada, y asestó un par de golpes con el machete. Eva los esquivó con destreza, pero aquella cosa era impresionantemente insistente y grande.

Le arrojó agua y él sonrió: luego le lanzó ella una fuerte descarga eléctrica y el cazador cayó fulminado.

Temblaba un poco debido a la estática remanente.

Eva le pateó antes de salir, y siguió con su camino.

Encontró un diario donde alguien indicaba que existían distintas salidas según su teoría.

Pasaron más días y Eva continuó.

Una tercera ocasión surgió en que el verdugo armado la encontró. Esta vez le lanzó un dardo tranquilizante al cuello, y Eva lo recibió de lleno.

Anestesiada sintió golpes: la criatura había tomado ya esto como personal, y no utilizaba más que sus manos para golpearle.

Eva intentó lanzarle algo, pero la droga era potente y no pudo acertar.

Liliana del otro lado, comenzó a enviar señales de debilidad a los constantes sondeos a los que eternamente estaba anclada.

Los químicos y médicos sin saber que sucedía, le administraron drogas para contrarrestar la sorpresiva droga dentro de Lili.

Eva se recuperó al instante y ahora sí atinaba cada ataque.

Le dio con todo lo que tenía al cazador biomecánico.

Una tremenda batalla de resistencia tomaba lugar y Eva disparó las tres descargas al mismo tiempo: un vapor eléctrico salió, y desmayó al monstruo.

Eva tomó todas las armas del sujeto, e incluso lo desnudó por si escondía artilugios entre sus ropas. Con mucho esfuerzo le arrastró hasta el cuarto dentro de otro parque. Lo sujetó fuertemente a una pared. Cada cable, lazo y atadura, se utilizó para inmovilizar al incansable cazador.

Golpeada, tuvo una premonición que le indicó el camino hacia la salida.

De entre unos arbustos había una casa de campaña, se adentró y al salir, se encontraba en una zona de oficinas.

Fin.

Incluso a los mejores cazadores, se les escapa una presa

EPÍLOGO

Antes de los dioses, las creaciones o las civilizaciones, el ente: atemporal, inmortal, cambia formas y absoluto, domina los rincones de entre los cuartos alternos.

Cada criatura, no importa su procedencia o sustantividad, cualquiera que sea y como fuese que llega a esta dimensión: será juzgada, sometida o premiada, todo a voluntad de este gran ser, el cual solo le damos forma física para comprenderlo, pues no hay palabras humanas para definirle.

Sus hermanos "pulpo" y "Urano" ya han manifestado cuerpos físicos en diversos mundos, pero no es algo que a este ser de mil nombres le agrade.

Él en cambio, hiló una realidad dónde él es un absoluto, y donde puede dominar en su totalidad.

Cada una de las formas de vida que han llegado aquí, le han parecido delicias de las cuales puede absorber recuerdos y descifrar miedos. También son exquisitas fuentes de emociones, pues el ente se alimenta de las sensaciones del conjunto de individuos, y mientras más surjan, más fuerte se hace.

A excepción de un par de ocasiones, nada ha podido escaparse de este lugar. Y una vez muertos aquí, inicia su "olvido total" en el mundo humano.

El ente se encuentra emocionado y preocupado, ya que algo han creado los llamados humanos, que ha creado una débil apertura entre su mundo y el de ellos.

Quizá sea momento que, por primera vez, el ente tome forma física.

Las tierras tiemblan y las divinidades temen: una de las más poderosas existencias existirá en aspecto como primicia desde todos los inicios conocidos.

Fin.

El ente tomará forma física, y las tierras temblarán, las aguas arderán y los fuegos cesarán

FIN.

Made in the USA
Columbia, SC
14 October 2024

43479640R00059